コトノハ町はきょうもヘンテコ

昼田弥子 作
早川世詩男 絵

光村図書

コトノハ町《まち》はきょうもヘンテコ

「あっ。あの子、道草をくってる」

「え？　道の草を食べてるの？」

「ううん、より道してるってこと」

だけどね、コトノハ町では、
ことばどおりのことが起《お》こるみたいで――

もくじ

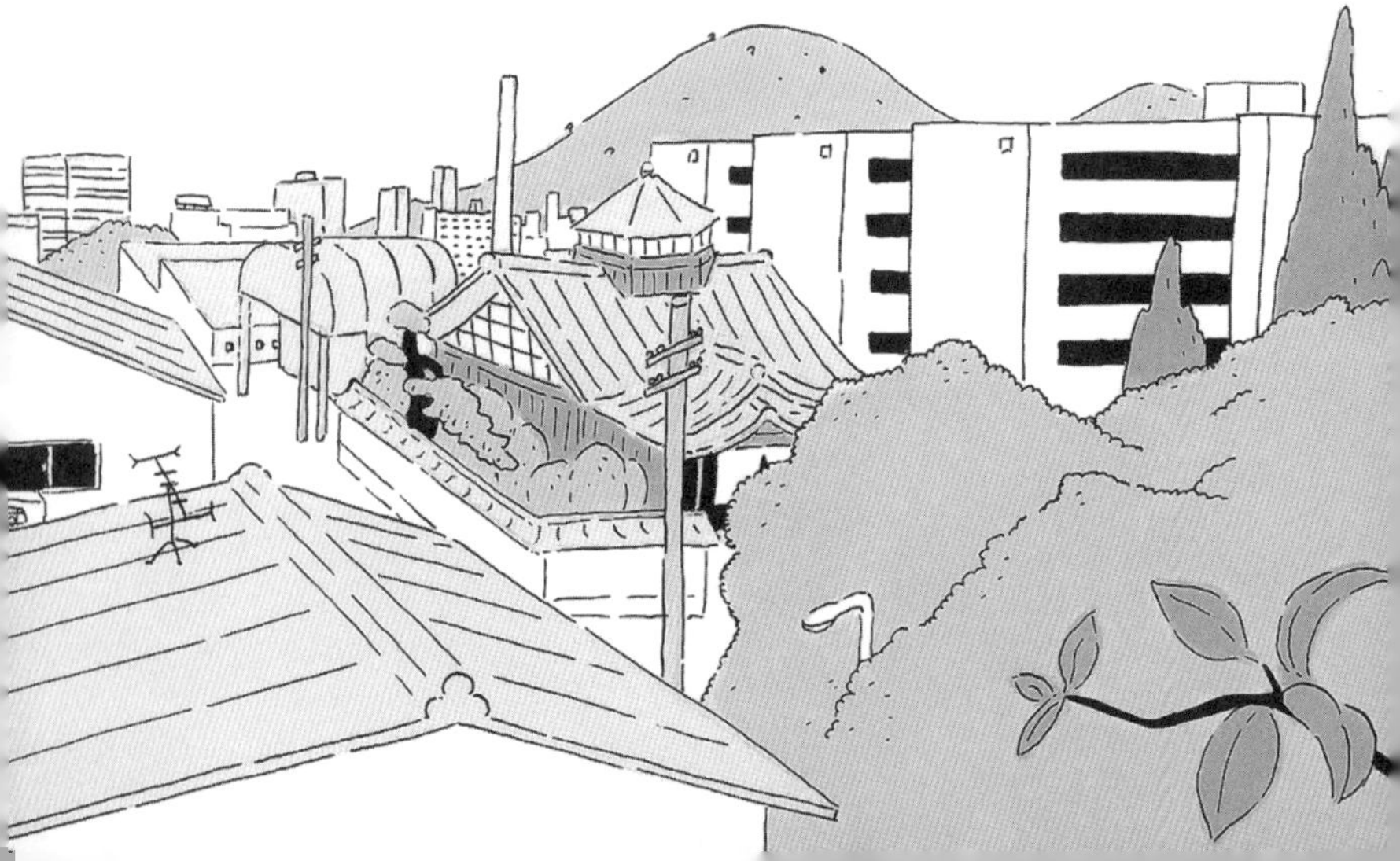

レンちゃん、道草をくう

1

とびきり春らしい天気のせいか、きょうはコトノハ町のあちこちに、道草をくっている人がいます。公園、空き地、田んぼのあぜ道。とくに町の真《ま》ん中《なか》を流《なが》れるコトノハ川のそばは人気のようで、子どもも大人《おとな》も土手の草の上にすわりこみ、のんびりと道草を楽しんでいます。

ところが一人《ひとり》だけ、

「わたしは道草なんてくわないもん」

と、土手ぞいの道をすたすたと歩く女の子がいました。

名前はレンちゃん。お母《かあ》さんが作ったあんころもちを、おじいちゃんにとどけにいくところ。

「きっと、おじいちゃんよろこぶなあ」

レンちゃんはフフッと笑《わら》うと、あんころもちがはいった重箱《じゅうばこ》をしっかりもちなおし、歩くスピードをあげました。

と、そのときです。

土手のほうから風がふきぬけて、レンちゃんの鼻《はな》さきに、ふわっと草のにおいをはこんできました。レンちゃんは思わずたちどまって、土手のほうをながめます。

すると、そこで道草をくっている人たちは、ほんとうにのんびりしていて幸《しあわ》せそうで、レンちゃんは、きゅうにうらやましくなってきました。

「うーん」

レンちゃんは、小さくうなってなやみます。

おじいちゃんには、おやつの時間までにいくからね、とつたえてあります。はやめに家をでてきたので、まだよゆうがあります。

「うーん」

レンちゃんはもう一度《いちど》うなると、

「わたしも……ちょっとだけ！」

スキップしながら土手におりていき、草の上にすわりこみました。そうして、やわらかそうな草を一本ちぎると、ぽいっと口にほうりこみ、むしゃむしゃと道草をくいだしたのです。


ぽいっ、むしゃむしゃ。ぽいっ、むしゃむしゃ。

町の人たちにまざって、レンちゃんは道草をくいつづけます。みずみずしい草、あたたかな日ざし、きらめく川面《かわも》、ふきぬけるすずしい風――ああ、なんてすてき！　レンちゃんは、うっとりしてしまいます。

まわりの人たちも、もちろんおんなじ。レンちゃんの前のほうでは、作業着《さぎょうぎ》すがたの男の人が、口にくわえた草をくちゃくちゃさせながら昼寝中《ひるねちゅう》。どうやら食べてすぐ寝《ね》てしまったらしく、足のほうからみるみる牛になっていきます。

そして、そのとなりでは三人のおばさんたちが、おしゃべりに花をさかせている真《ま》っ最中《さいちゅう》。

「ここの土手は最高《さいこう》ねぇ」

「日あたりはいいし」

「草の味《あじ》もばつぐんよぉ」

おばさんたちがしゃべるたびに、あたりにぽんぽんと花がさきます。色とりどりの花がさきます。

レンちゃんはそれをながめながら、きれいだなあ、とますますうっとりしていました。が、ふと、そばにおいていたあんころもちがはいった重箱《じゅうばこ》を見て、

（あっ。そろそろ、おじいちゃんちにいかなくちゃ）

と、思いだします。

しかし、思いだしたはいいものの、うごく気になれません。草の上でじっとしているせいか、おしりがむずがゆくなってきても、

「うーん、もうちょっとだけ……」

レンちゃんは、また草をぽいっと口にほうりこむと、むしゃむしゃと道草をくいつづけたのです。

ぽいっ、むしゃむしゃ。ぽいっ、むしゃむしゃ。

ぽいっ、むしゃむしゃ。ぽいっ、むしゃむしゃ。
ぽいっ、むしゃむしゃ。ぽいっ、むしゃむしゃ。

それから、どれくらい時間がたったのか、土手をてらしていた太《たい》陽《よう》がかたむきだしたころ、

――うぅ……。

かすかなうめき声がしました。
レンちゃんは、ハッとしてあたりを見まわしました。すると、また、

――うぅ……くらい。
――うぅ……せまい。

その声は、重箱《じゅうばこ》の中からきこえてきます。

気になったレンちゃんは、つつみをほどいて、そっとふたをあけてみました。と、そのとたん、

――明かりだぞ！

――空気だぞ！

――自由《じゆう》だぞ！

――よし、みんな！

――思いっきり！

――羽を伸《の》ばすんだ！

重箱《じゅうばこ》にならんでいた六つのあんころもちたちが、いっせいに、おう！　とさけぶなり、羽を伸《の》ばしてとびたっていったのです。

「まって！」

レンちゃんは、あわてておいかけようとしました。ところが、ど

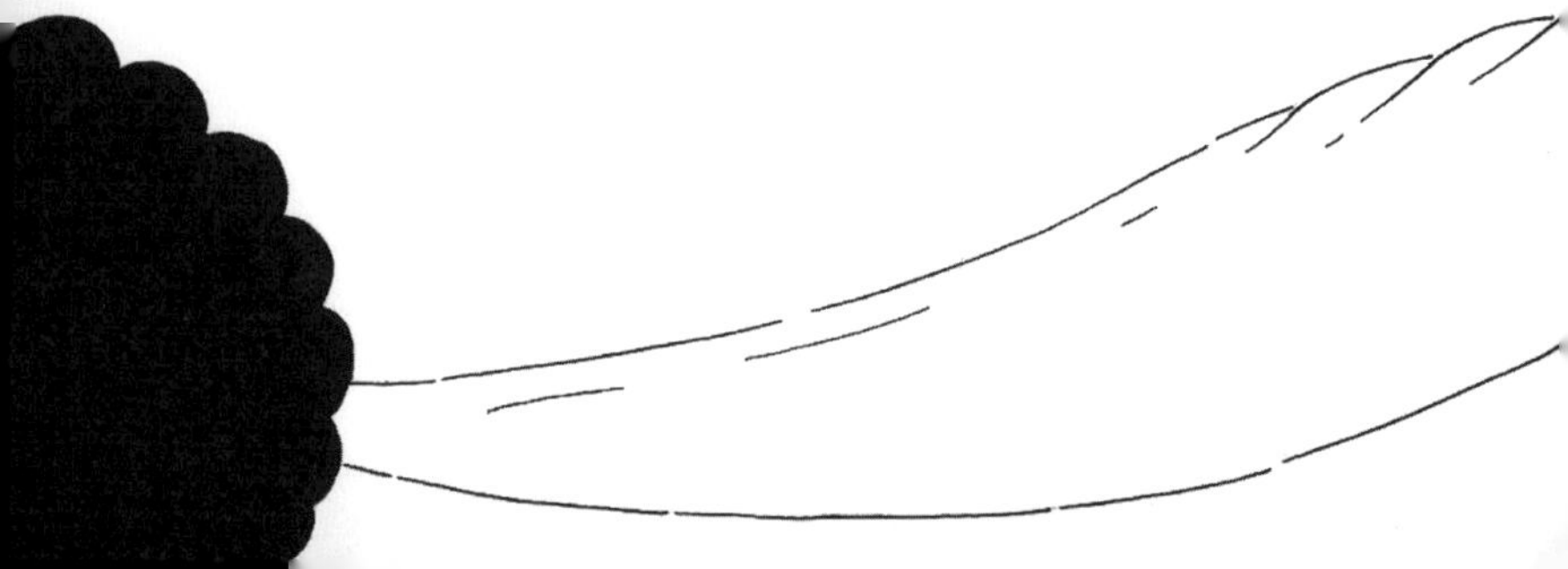

ういうわけか、根《ね》がはえたようにうごけません。

「あっ、もしかして」

とっさに、おしりをかくにんすると、思ったとおり、びっしりと根《ね》がはえています。

そっか、このせいでむずがゆかったんだ、なんて考えるひまもなく、レンちゃんは両足《りょうあし》をふんばって、地面《じめん》から根《ね》をひきぬこうとしました。けれど、いくら力をいれてもビクともしません。

そのあいだに、羽を伸《の》ばしたあんころもちたちは、どんどん遠くへとんでいきます。

「まって！　まって！」

すると、あせったレンちゃんのおしりに火がついて、根《ね》もとがチリチリと焼《や》けていきました。

「あつっ」

さけんでとびあがったそのひょうしに、おしりの根《ね》がきれ、ようやく自由《じゆう》になりました。

しかし、自由《じゆう》になったはいいものの、いきおいあまってでんぐりがえり。昼寝《ひるね》をしていた作業着《さぎょうぎ》すがたの男の人にぶつかってしまいました。

「あいたた、なんだ？」

男の人は目を覚《さ》ましても、あいかわらず草をくちゃくちゃさせていました。が、自分がぜんしん牛になっていることに気がつくと、びっくりしたようにさけびました。

「しまった！　食べてすぐ寝《ね》るなんて！」

それから、前足につけたうで時計を見ると、さらにおどろいたようにさけびました。

「しまった！　とっくに仕事《しごと》の時間じゃないか！」

すると、その声がきこえたのか、おしゃべりに花をさかせていた三人のおばさんたちも、

「たいへん！　ドラマの再放送《さいほうそう》がはじまるわ！」

「あらやだ！　スーパーのタイムセールにおくれちゃう！」

「いけない！　歯医者《はいしゃ》の予約《よやく》をしてたのに！」

花をまきちらしながら、あたふたしだし、さらに土手にいたほかの人たちも、

「デートにおくれる！」

「バスの時間だ！」

「塾《じゅく》にいかなきゃ！」

「ピアノのレッスン！」

「犬の散歩《さんぽ》が！」

そんなわけで、道草をくっていた人たちは、みんな、あわててたちあがろうとしたのですが――

「なんてこった！」

「おしりから！」

そう、みんな、根《ね》がはえていてうごけません。

そんな中、一人《ひとり》だけうごけるようになっていたレンちゃんは、ひっしにあんころもちをさがしていました。

しかし、いくらさがしまわっても一つだって見つからず、そのうち、川のむこうの役場《やくば》から、夕方の五時をつげるチャイムが流《なが》れてきました。

「もう、こんな時間！」

レンちゃんはからっぽの重箱《じゅうばこ》をかかえて、おじいちゃんの家にむかってかけだしました。

おやつの時間はとっくにすぎているのに、おじいちゃんは縁側《えんがわ》にすわってまっていました。

「おじいちゃん、ごめんね。わたし、道草くっちゃって……」

レンちゃんは、縁側《えんがわ》の前でもじもじしながらいいました。

すると、おじいちゃんは、そんなのどうってことないように、笑《わら》いながらいいました。

「そりゃ、きょうみたいな天気なら、道草くってもしょうがないさ」

けれど、レンちゃんはやっぱりもじもじしてしまいます。

だって、どれほどまちわびていたのか、おじいちゃんの首は、ろくろっ首みたいに長く伸《の》びていて、頭が天井《てんじょう》につきそうになっていたのです。

レンちゃんは、おじいちゃんをそっと見あげました。

（どうしよう、こんなに首を長くしてまってくれたのに……）

そうです。レンちゃんは、あんころもちをぜんぶにがしてしまいました。たまらずうつむいて、重箱《じゅうばこ》を見つめていると、

「おや、どうした？」

おじいちゃんがさらに首を長くして、レンちゃんの顔をのぞきました。

レンちゃんは、もうだまっていられなくなりました。

「あのね、あんころもちが羽を伸《の》ばしちゃって……」

思いきって、重箱《じゅうばこ》のふたをあけたそのときです。

――ふうっ、つかれた、つかれた。

ふいに、頭の上で声がしました。

レンちゃんは思わず顔をあげ、それとどうじに、あっ！　とさけびました。

なんと、夕日で赤くそまった空を、あんころもちたちが、ふらふらしながらとんでいます。

――おい、見てみろよ。

レンちゃんの声で、あんころもちたちも下のようすに気づきました。

――おっと、あれは、

――せまい箱《はこ》。

――あたしたちがとびだしてきた、

――暗《くら》い箱《はこ》。

――でもさ、

――もう夕方だし。

――羽を伸《の》ばしすぎて、

――つかれたし。

――それじゃあ、そろそろ、

――帰るとするか。

あんころもちたちは声をそろえて、おう！　とさけぶと、いっせいに地上めがけてとんできました。そして、レンちゃんが目をパチクリさせているあいだに、つぎつぎと重箱《じゅうばこ》におさまっていったのです。重箱《じゅうばこ》に着地《ちゃくち》したのとどうじに羽はきえて、もう、あんころもちたちはうごきません。

あっというまのできごとに、レンちゃんはしばらくぽかんとしていましたが、ハッと気がつくなり、

「ねえ、見て！」

おじいちゃんのほうをむきました。

すると、おじいちゃんはニヤリと笑《わら》っていいました。

「よし、首を長くするのはおわりだな」

そして、首をしゅるしゅるともとにもどして、こういったのです。

「じゃあ、レンちゃん、いっしょに食べるか」

「うん、食べる！」

レンちゃんとおじいちゃんは縁側《えんがわ》にすわって、あんころもちを食

べだしました。

「いやあ、うまい、うまい」

おじいちゃんは、たちまち一つ目をたいらげて、もう二つ目をほおばっています。レンちゃんもまけずに、

「うん、おいしいね！」

と、もう一つ食べようとしたのですが、重箱《じゅうばこ》の中を見て、あれ？と手をとめました。

あんころもちの数がおかしいのです。たしか、お母《かあ》さんは、ぜんぶで六ついれてくれたはず。レンちゃんが一つ食べて、おじいちゃんが二つ目を食べているから、あと三つのこっているはずなのに、重箱《じゅうばこ》の中にはあと二つだけ……。

「うーん、あとの一つは、どこにいったんだろ？」

帰り道、レンちゃんは、コトノハ川の土手ぞいを歩きながら考えました。

「ひょっとして、からすに食べられちゃったのかな？」

土手には、もう町の人たちのすがたはなく、あちこちに根《ね》のぬけたあとがのこっているだけでした。

「それとも……」

と、風もないのに、草むらが一《いっ》か所《しょ》、ザワザワとゆれているのが見えました。

気になったレンちゃんは、土手におりて、その場所《ばしょ》をのぞいてみました。

「あっ……！」

レンちゃんは小さくさけんで、目を見ひらきました。それから、声をひそめてフフッと笑《わら》いました。

なぜって、そこでは羽を伸《の》ばしたあんころもちが、むしゃむしゃと道草をくっていたからです。

レンちゃん、ひざが笑《わら》う

2

コトノハ町の東には、コトノハ山という、たんこぶのようにぽこんとした山があります。いつもはひとけのない場所《ばしょ》ですが、きょうはめずらしく、一台のバスがこの山のふもとにやってきました。そして、そこから、わいわいとおりてきたのは、コトノハ小学校の子どもたちと先生たち。ぜんいんリュックサックをせおっています。

「さあさあ、みなさん」

校長先生がよびかけると、子どもたちはピタリとしずかになりました。

「きょうは、みなさん、お楽しみの山のぼりです」

子どもたちは、こくっとうなずきました。

「けがをしないよう、くれぐれも気をつけて」

みんな、また、こくっと返事《へんじ》。

校長先生は、子どもたちのおぎょうぎのよさに、すっかり感心《かんしん》しながら、最後《さいご》につけたしてこういいました。

「そうそう。ちょうじょうについたら、お弁当《べんとう》ですからね」

そのとたん、子どもたちは、いっせいにおしゃべりしはじめました。

「わたし、サケのおにぎりはいってるの！」

「おれ、ハムのサンドイッチ！」

「あたし、からあげ！」

「ぼく、たまご焼《や》き！」

「ミートボール！」

「ポテトサラダ！」

お弁当《べんとう》のことを考えるだけで、みんな足が地につきません。宙《ちゅう》にふわふわとうきはじめます。

その中でも、とくにふわふわしていたのはレンちゃんで、

「わたし、デザートに、いちご五こ！」

と、みんなの上で宙《ちゅう》がえり。

あっ。よく見たら、レンちゃんのほかにもう一人《ひとり》。

「おれ、エビフライ！　おばあちゃんのエビフライ！」

レンちゃんとおなじクラスのハルくんが、うれしさのあまり、宙《ちゅう》にういたまま手足をばたばたさせています。

そんな子どもたちのようすに、校長先生は大あわて。

「はいはい！　みなさん落《お》ちついて！」

と、さけびましたが、じつは校長先生も、だんなさんが早起《はやお》きして作ってくれたのりまきのことが気になって、足が地面《じめん》から一センチ

ほどはなれています。

するとそれを見かねたほかの先生たちが、

「おーい、ほらほら」

「それじゃ山のぼりができないぞー」

と、子どもたちを落《お》ちつかせ、どうにか山のぼりがはじまりました。


コトノハ山は、見た目はこぢんまりした山ですが、いざのぼってみると、しゃめんはきゅうで、道はでこぼこで、けっこうけわしいのです。しかし、子どもたちは元気いっぱい。せっせせっせとのぼっていきました。

ところが、はんぶんのぼったあたりになると、だんだんスピードが落《お》ちてきて、

「つかれたよぉ」

「足がいたぁい」

子どもたちは青息吐息《あおいきといき》。まわりの空気がモワモワと青くそまっていきます。

もちろん、レンちゃんもくたくたでした。それでも、木の枝《えだ》をひろって杖《つえ》にすると、

「がんばれ、がんばれ、ちょうじょうついたら、いちご五こ」

自分をはげましながら歩きつづけます。

と、そのときです。

「おそいぞ、じゃま、じゃま!」

一人《ひとり》だけ、まだまだ元気なハルくんが、レンちゃんをおいぬいていったのです。すれちがったしゅんかん肩《かた》がぶつかりました。それ

なのに、ハルくんはなにもいわず、どんどんさきにすすんでいきます。

レンちゃんはむっとして、ぬきかえそうとしました。しかし、足が思うようにうごきません。

そのあいだにハルくんは、先頭を歩いていた校長先生までおいぬいて、

「どうだ！　どうだ！」

みんなのほうをふりかえって、鼻《はな》を高くします。

「この中で、おれが一番だ！」

鼻《はな》はにょきにょき高くなっていき、とうとうハルくんは天狗《てんぐ》になりました。そうして、

「よし、エビフライだ！」

と、つばさをひろげ、ちょうじょうにむかって、とんでいこうとしました。が、

「あっ、そうだ！」

きゅうに、レンちゃんのほうにひきかえしてくると、

「デザートはもらった！」

レンちゃんのリュックサックをうばって、ふたたび、ちょうじょうにむかっていったのです。

「ハルくん、まちなさい！」

校長先生がさけびます。子どもたちは、

「いいなぁ」

「ぼくもとびたぁい」

と、うらやましそう。

そして、レンちゃんはといえば、

「わたしのいちご！」

すぐにハルくんをおいかけようとしました。でも、やっぱり足はうまくうごきません。それどころか、そのときとつぜん、

「ブハハハハ！」

「ヌハハハハ！」

なんと、ひざが笑《わら》いだしたのです。

レンちゃんは、あわててひざをおさえました。

「ブハッ……ハ！」

「ヌ……ハハッ！」

指《ゆび》のすきまから笑《わら》い声《ごえ》がもれてきます。

まわりの子たちが、レンちゃんを見ています。ほかにひざが笑《わら》っ

ている子なんてだれもいません。

レンちゃんはたまらずうつむきました。顔をあげることもできず、自分の足もとを穴《あな》のあくほど見つめます。

と、やがて地面《じめん》にぽっかりと穴《あな》があきました。

もう穴《あな》があったらはいりたい気分だったレンちゃんは、えいっ！　とその中にとびこんでしまいました。


穴《あな》はトンネルのように長くのびていました。レンちゃんは、その中をコロコロころがって、ようやく、ドシン！　と底《そこ》につきました。

「あいたたた……」

うったおしりをさすりました。

「ブハハハハ！」

「ヌハハハハ！」

あいかわらず、ひざが笑《わら》っています。

でも、ここならだれにも見られません。レンちゃんは、ひとまずほっとしました。

しかし、ほっとしたとたん、いちごのことを思いだしました。まさか、リュックサックごととられてしまうなんて……。

「あーあ、いちご……」

レンちゃんはため息《いき》まじりにつぶやくと、ゆっくりあたりを見まわしました。

穴《あな》の中は、レンちゃんの気持ちみたいに、うす暗《ぐら》くて、じめじめしています。

「ブハハハハ！」

「ヌハハハハ！」

穴《あな》の中で、ひざの笑《わら》い声《ごえ》がひびいています。

「ブハハハハ！」

「ヌハハハハ！」

笑《わら》い声《ごえ》のほかは、なんにもきこえません。

レンちゃんは、きゅうに不安《ふあん》になってきました。さっき穴《あな》には
いったばかりなのに、もう外がこいしくなってきました。

「そ、そうだ、出口ってどこにあるんだろ……」

木の杖《つえ》をささえにして起《お》きあがり、よろよろと穴《あな》の中をすすんで
いきます。

だけど、この暗《くら》さのせいで自分がどこにむかっているのか、よく
わかりません。歩きまわっているうちに、足はますますくたびれて

きて、ひざの笑《わら》い声《ごえ》は、どんどん大きくなっていきます。

「ブワッハハハッ！」

「ヌワッハハハッ！」

「ブワーッハハハッ！」

「ヌワーッハハハッ！」

「あーん、どうしよう！」

そのとき、おくのほうで、ドスン！　と音がしました。

レンちゃんは、ドキッとしてそっちをむきました。ねずみでもいるのかな？　と思いましたが、それにしては音が大きい気がします。

「だ、だれかいるの？」

思いきって、きいてみました。

「な、なんだ？　そっちこそだれだよ！」

おびえたような声がしました。

「ねえ、だれ？」

「お、おまえこそ！」

なんとなく、ききおぼえのある声です。

レンちゃんはおそるおそる近づいていくと、おくのほうを、じっと見つめました。

「あっ！」

そこにいたのはハルくんでした。足もとに、レンちゃんのリュックサックもころがっています。

レンちゃんは思わず、いちご！　とさけびそうになりました。

ところが、ハルくんのようすがどうもおかしいのです。しきりに鼻《はな》のあたりを気にしているようですが、うす暗《ぐら》いせいでよくわかりません。

「どうしたの？　鼻《はな》」

「いや、あの、その……」

レンちゃんがたずねると、ハルくんははずかしそうにもじもじしはじめました。と、そのひょうしに、ハルくんの顔から火がでて、あたりがパッと明るくなったのです。

レンちゃんは、とっさに、その火を杖《つえ》にうつしました。そして、明かりにてらされたハルくんの顔を見たとたん、目をパチクリさせました。

だって、あんなに高くなっていた鼻《はな》が、すっかり低《ひく》くなっています。

じつはハルくん、あのあとスピードをだしすぎて木にげきとつし、鼻《はな》がおれてしまったのでした。しかも、地面《じめん》に落《お》ちたところを校長先生につかまりそうになって、木の洞《うろ》からこの穴《あな》ににげこんできたのですが――はずかしいので、レンちゃんにはないしょ。

「えっと、あの、その……」

ハルくんが口ごもっていると、

「ブワーッハハハーッ!」

「ヌワーッハハハーッ!」

レンちゃんのひざが、ひときわ大きく笑《わら》いました。

「そ、そんなに笑《わら》うなよ!」

ハルくんは、むきになっていいました。

「わたしじゃないもん、ひざだもん!」

レンちゃんも、むきになっていいかえしました。

そのあと、二人《ふたり》はぶすっとして、だまりこくっていたのですが、

「これ、かえす」

きゅうにハルくんが、リュックサックをわたしてきました。

レンちゃんは、ちょっとおどろきながらも、うん、とうなずきうけとると、

「そうだ。いっしょにここからでようよ」

と、いいました。

「えっ、でも……」

ハルくんは、また口ごもりました。

そこでレンちゃんは、火のついた杖《つえ》を指《ゆび》さしていいました。

「あんまり暗《くら》くてこまってたの。ハルくんがきてくれてたすかった」

それから二人《ふたり》は、火のついた杖《つえ》で穴《あな》をてらしながら、すすんでいきました。しばらくすると、

「レンちゃーん……」

「ハルくーん……」

二人《ふたり》をさがす声がきこえてきて、細い光が穴《あな》の中にさしこんできました。そうして、とうとう出口を見つけた二人《ふたり》は、ぶじに外へでられたのです。

そんなわけで、コトノハ小学校の子どもたちは、どうにか、ぜんいんコトノハ山のちょうじょうにたどりつきました。

「さあさあ、おまちかねのお弁当《べんとう》の時間ですよ」

校長先生がほっとしたようすで、みんなに声をかけました。

お腹《なか》がぺこぺこだった子どもたちは、さっそくお弁当《べんとう》をひろげて食べはじめました。もちろん、レンちゃんもお弁当《べんとう》をひろげたのですが、

「ブハハハハ！」

「ヌハハハハ！」

ひざが笑《わら》いつづけているのが気になります。

と、そこにお弁当《べんとう》をもったハルくんがやってきました。

「ん、これ」

そういうなり、エビフライのつけあわせのレモンを、レンちゃんの両《りょう》ひざにほうりこみました。

レンちゃんは、びっくりしてひざを見つめました。

レモンをほうりこまれたひざは、きゅっと口をすぼめ、それから、

ぷっ、ぷっ、と種《たね》をはきだしました。すると、さっきまであんなに笑《わら》っていたのがうそみたいに、ピタリとしずかになったのです。

「つかれたときはすっぱいものがいいって、おばあちゃんがいってた」

ハルくんは早口でいいました。

レンちゃんは、もうすっかりうれしくなって、

「はい、これあげる！」

と、いちごを二つハルくんにあげました。

レンちゃん、
歯《は》がうく

3

秋晴れの午後です。歯医者《はいしゃ》からもどったレンちゃんが、ふと窓《まど》の外を見ると、イチョウの並木通《なみきどお》りを女の人が歩いていました。あたりをきょろきょろ見まわして、なにかをいっしょうけんめいさがしているようです。

気になったレンちゃんは窓《まど》をあけて、

「ねえ、どうしたの？」

と、たずねようとしました。が、心の中で、あっ！　とさけぶなり、とっさに両手《りょうて》で口をおさえました。

じつはレンちゃん、さっき歯医者《はいしゃ》で、

「ねんのため、夕はんまでは口をあけないように気をつけて」

と、いわれたばかり。どうしてそんなことをいわれたのかといえば、きょう、こんなことがあったから。

お昼ごはんを食べおわったレンちゃんが、テレビをつけると昔《むかし》の探偵映画《たんていえいが》をやっていました。ぶじに事件《じけん》をかいけつした探偵《たんてい》の男の人は、瞳《ひとみ》のキラキラした女の人にむかって、

「さあ、笑《わら》って。きみになみだはにあわない」

と、歯《は》がうくようなきめぜりふ。

そのとたん、レンちゃんの口の中がむずむずしだして、ほんとうに歯《は》がうきだして、そのままとんでいきそうになりました。レンちゃんはあわてて口をとじると、昼寝《ひるね》をしていたお父《とう》さんをゆり起《お》こして、歯医者《はいしゃ》につれていってもらいました。

「ほう。こりゃ、よっぽどキザなせりふだったね」

歯医者《はいしゃ》の先生は感心《かんしん》したようにそういうと、レンちゃんの歯《は》をテ

キパキもとにもどしてくれました。そして最後《さいご》に、口の中を点検《てんけん》しながらこういったのでした。

「ねんのため、夕はんまでは口をあけないように気をつけて」


というわけで、レンちゃんは夕はんまで口をあけられません。でも、目の前の女の人のことが気になります。だって、すごくこまっているようだし、それに、探偵映画《たんていえいが》にでていた瞳《ひとみ》のキラキラした女の人にちょっぴりにています。

そこで、レンちゃんは口をとじたまま、コンコンと窓《まど》をたたきました。そして、女の人が気づいてこっちをむいたのとどうじに、

――ねえ、どうしたの？

と、目で物《もの》をいってみました。

女の人はハッとした表情《ひょうじょう》で、レンちゃんを見つめました。

——なにかさがしてるの？

レンちゃんが、また目で物《もの》をいうと、

「それが、うちの猫《ねこ》がいなくなって……」

女の人は、ひどくかなしそうにつぶやきました。

——どんな猫《ねこ》？

「真《ま》っ黒《くろ》な猫《ねこ》よ。名前はジュウベエ」

——いついなくなったの？

「きのうのお昼すぎ。でも……すごくおかしいの。目の前にいたはずなのに、きゅうにきえるみたいにいなくなって……ああ、でも、とにかくさがさなきゃ。あの子、もしかしたらスネてるのかも……お昼にサンマの塩焼《しおや》きをつまみぐいしてたのを、わたしが注意《ちゅうい》したから……」

——うーん、サンマの塩焼《しおや》きかぁ……。

レンちゃんは、うでをくんで目をとじました。と、とつぜんパチッと目をあけると、

——わたし、どこにいるかわかったかも！

玄関《げんかん》から外にとびだしました。そして、おどろいている女の人の手をつかむと、

——おねえさん、こっちこっち！

と、はりきってかけだしたのです。

レンちゃんが女の人をひっぱってやってきたのは、コトノハ川のそばにあるコトノハ通り商店街《しょうてんがい》。

「あら、どうしてここなの？」

女の人がたずねると、

――おねえさん、さっきサンマの塩焼《しおや》きっていったでしょ。この前、おじいちゃんと買《か》い物《もの》にきたとき、魚屋《さかなや》さんがサンマを焼《や》いてたの。きっとジュウベエ、においにひきよせられちゃったんだよ。

レンちゃんはとくいげに説明《せつめい》しながら、商店街《しょうてんがい》をすすんでいきます。

ところが、すすんでいくうちに、あれ？ と思いました。商店街《しょうてんがい》のようすが、なんだかへんです。いつもはお客《きゃく》さんでにぎわっているのに、きょうはしずまりかえっています。

「六十、六十一、六十二、六十三……」

あんまりひまなせいか、畳屋《たたみや》のおじさんは、ひたすら畳《たたみ》の目を読んでいます。

「ふわぁ……」

カチッ、ぺっ。

「ふわぁ……」

カチッ、ぺっ。

クリーニング屋《や》のおねえさんは、あくびをかみ殺《ころ》しては、はきだしています。

レンちゃんはふしぎに思いながらも、そのまま女の人を魚屋《さかなや》にあんないしました。

お客《きゃく》さんがいないせいか、きょうはサンマを焼《や》いていません。レジのおくでは、ふきげんそうなおばあさんが、店の布巾《ふきん》をひたすらたたんでいます。

「まったく、この店もたたんじまおうかね」

おばあさんは、ぶつぶつとひとりごとをいっていましたが、レンちゃんと女の人に気がつくと、

「おや、ひさしぶりのお客《きゃく》だね」

レジから顔をのぞかせました。

「いまの時期《じき》ならサンマだよ。さしみでもうまいよ」

――あ、えっと、サンマじゃなくて猫《ねこ》……。

レンちゃんが、おずおずと目で物《もの》をいうと、

「うちは魚屋《さかなや》だよ」

おばあさんはピシャリといいました。

「すみません。わたしたち猫《ねこ》をさがしてるんです」

女の人があわてていいました。

「真《ま》っ黒《くろ》な猫《ねこ》、見ませんでしたか？」

「ハンッ、そんなの知らないよ」

おばあさんは、ますますふきげんそうにいいました。

「なにしろ、最近《さいきん》は人間だってよりつかない。ほら、あれを見ればわかるだろ」

そういって、商店街《しょうてんがい》の広場のほうを指《ゆび》さしました。

そこには、古びたほら貝の銅像《どうぞう》がたっていて、そのてっぺんで閑《かん》古鳥《こどり》が鳴いています。

カッコォ……カッコォ……

さびしげな鳴き声が、商店街《しょうてんがい》にひびきわたります。

「一週間前にコトノハ山からとんできて、それから、ずっといすわってるんだ。まったく、いつになったら帰るんだか」

おばあさんはぶつぶついいながら、また布巾《ふきん》をたたみはじめてしまいました。

――おねえさん、ごめんね。ここじゃなかったみたい……。

レンちゃんは、しょんぼりしながら歩きだしました。

「ありがとう。あとは一人《ひとり》でさがすからだいじょうぶよ」

女の人は、やさしく声をかけました。

――でも……。

レンちゃんはくやしくてたまりません。お昼に観《み》た映画《えいが》の探偵《たんてい》だったら、きっとジュウベエを見つけられたのに……。

たまらず口びるをかみしめていると、どこからか、ふわりと花のにおいがただよってきました。そして、こんな話し声がきこえてきたのです。

「あらま、ほんとに閑古鳥《かんこどり》」

「お客《きゃく》がいないのもなっとくねぇ」

「これじゃあ商売《しょうばい》あがったり」

いつのまにか、ほら貝の銅像《どうぞう》のまわりで、三人のおばさんが、おしゃべりに花をさかせていました。

「まったく、さびしいったらないわよねぇ」

「お客《きゃく》は、どこにいったのかしら？」

「町はずれのスーパーは、猫《ねこ》の手も借《か》りたいくらい繁盛《はんじょう》してるらしいわよ」

それをきいて、レンちゃんはひらめきました。

――そうだ！　ジュウベエ、きっとそこにいるんだよ！

そういうなり、女の人がとめるのもきかずに、かけだしました。

「いらっしゃいませ、いらっしゃいませ！　おっと、お客《きゃく》さま、れつにならんで！　お買いどくのたまごは、一人《ひとり》一パックまででございます！」

たしかに、町はずれのスーパーは繁盛《はんじょう》していました。店内は、お客《きゃく》さんであふれかえり、店員《てんいん》さんたちは休む間もなくうごきまわり、そんな中で、猫《ねこ》たちがレジをうったり、商品《しょうひん》をならべたり、ハエをつかまえたりと大活躍《だいかつやく》。

よーし、今度《こんど》こそジュウベエを見つけなきゃ。レンちゃんははりきって、探偵《たんてい》みたいにききこみをはじめました。

しかし、店員《てんいん》さんたちは、いそがしすぎて相手《あいて》にしてくれません。

猫《ねこ》たちにたずねても、めいわくそうにしっぽをふるだけ。

それでも、レンちゃんはあきらめずにジュウベエをさがしつづけ、やがて魚売り場にやってきました。

すると、そこに、サンマをならべている真《ま》っ黒《くろ》な猫《ねこ》がいたのです。

「ジュ……！」

思わず口をあけそうになりました。が、レンちゃんはそれをぐっとこらえると、黒猫《くろねこ》のところにかけよって、すかさず目で物《もの》をいいました。

――ねえ！　ジュウベエでしょ！

ところが、それにおどろいたのか、黒猫《くろねこ》は高くとびあがりサンマをほうりなげてしまいました。

あっ！　しまった！
と、そこへ店員《てんいん》さんがすべりこみ、どうにかぎりぎり
でサンマをキャッチ。
レンちゃんがほっとしていると、
「おじょうさん、どうしたの？」
店員《てんいん》さんが、いきなりレンちゃんのほうをむきました。
「おつかいかい？　まいごかな？」
あまりのいそがしさに、店員《てんいん》さんは目をまわしていて、
目の中がぐるぐるとうずまいています。
――えっと、おつかいでも、まいごでもなくって……
えっと、わたし、ジュウベエを……。
レンちゃんがしどろもどろ説明《せつめい》していると、女の人が

かけ足でやってきました。そして、いつのまにか売り場の魚をつまみぐいしている黒猫《くろねこ》を見て、かなしそうに首をふりました。

「あの子の目は、緑《みどり》なの……」

ざんねんなことに、その黒猫《くろねこ》の目は黄色だったのです。


スーパーをでると、町はもう夕ぐれでした。

「いっしょにさがしてくれて、ありがとう」

女の人は、しずかにほほ笑《え》みました。

女の人とわかれたレンちゃんは、コトノハ通り商店街《しょうてんがい》をとぼとぼと歩きながら家にむかいました。

カッコォ……カッコォ……

ほら貝の銅像《どうぞう》の上で、閑古鳥《かんこどり》が鳴いています。

「あんた、猫《ねこ》はまだ見つからないのかい？」

魚屋《さかなや》の前を通りかかると、さっきのおばあさんが、布巾《ふきん》をたたみながら話しかけてきました。

レンちゃんは、もう目で物《もの》をいう元気もないので、だまってうなずきました。

するど、おばあさんは、フンッと鼻《はな》を鳴らしてこういいました。

「そんなに落ちこむなんて、よっぽどかわいがってるんだね。ああ、あれかい、目にいれてもいたくない、ってやつかい」

ん？　目にいれても……？

とつぜん、レンちゃんはひらめきました。

――そうだ！　おねえさん、ジュウベエは目の前にいた、っていってたもん！

そして、おばあさんに、こんなたのみごとをしたのです。

――おねがい、おばあさん！　鏡《かがみ》かして！

「なんだい？　きゅうに」

――おねがい！　おねがい！

「やれやれ、わけがわからないね」

おばあさんはそういいながらも、店のおくから小さな手鏡《てかがみ》をもってきてくれました。

――おばあさん、ありがとう！

手鏡《てかがみ》をうけとったレンちゃんは、大いそぎで、女の人のところへ走っていきました。

女の人は、コトノハ川にかかった橋《はし》をわたっていました。レンちゃんが息《いき》をきらしながらおいつくと、びっくりしたようにたちどまりました。

「もうおそいから、おうちに帰らなきゃ」

女の人はしんけんな顔をして、レンちゃんの目をのぞきこみます。

――やっぱりだ！

レンちゃんは、とびあがりそうになりました。

女の人の瞳《ひとみ》の中に、真《ま》っ黒《くろ》な猫《ねこ》がいます。体を丸めて気持《きも》ちよさそうに眠《ねむ》っています。

――おねえさん、ジュウベエがいた！

「え？」

――おねえさんの目の中にいるの！　にげてなんかなかったよ、ほら！

レンちゃんは、おばあさんから借《か》りた手鏡《てかがみ》を、女の人にむけました。

女の人は、いっしゅんいぶかしげな表情《ひょうじょう》をしましたが、鏡《かがみ》にうつった自分の顔を見たとたん、ハッとしたように目を見ひらきました。

「ジュウベエ！」

女の人の目から、なみだが一つぶこぼれたかと思うと、それはたちまち一匹《いっぴき》の真《ま》っ黒《くろ》な猫《ねこ》になりました。

目の色は、もちろん緑《みどり》。女の人のうでの中にすべりこみ、ぐるぐるとノドを鳴らしはじめます。

「ああ、どうして気づかなかったんだろ……」

女の人は、ジュウベエをだきしめながらつぶやきました。

――だって、目にいれてもいたくないくらい、かわいいんでしょ？

レンちゃんは、とくいげに目で物《もの》をいいました。

すると、女の人はにっこり笑《わら》っていいました。

「ありがとう。なにかおれいをしなくっちゃ」

その笑顔《えがお》を見たしゅんかん、レンちゃんは、うれしいような、くすぐったいような、ふしぎな気持《きも》ちになりました。それでついうっかり、

「おねえさんの笑顔《えがお》を見たから、もういいよ！」

なんて、口をあけてしまったので――

レンちゃんは、また歯医者《はいしゃ》にいくことになりそうです。

レンちゃん、尾《お》ひれがつく

4

「ぜったい、きょうこそつかまえなくちゃ」

マフラーをなびかせながら、レンちゃんが走っていきます。

「このままじゃ、町中にひろまっちゃう」

手には、虫とりあみをにぎっています。

いったいレンちゃんは、なにをつかまえようとしているのでしょうか？

じつは、それは——


今から二、三か月ほど前のこと。

「ねえ、さっき校長先生の雷《かみなり》が落《お》ちたらしいよ」

「だれに、だれに？」

「レンちゃんとハルくん」

「それでさ、二人《ふたり》とも泣《な》いちゃったって」

コトノハ小学校の教室のかたすみで、子どもたちがうわさ話。

その内容《ないよう》は、だいたいあたり。たしかに、レンちゃんとハルくんは、そうじ時間にケンカしていたところを校長先生に注意《ちゅうい》され、それでもやめずにつづけていたら、

「こらっ！　二人《ふたり》とも！」

とうとう雷《かみなり》が落《お》ちたのです。

ハルくんはふるえあがって、ちょっぴり泣《な》きました。でも、レンちゃんはへいきでした。だって、校長先生の雷《かみなり》は音が大きいだけで、ぜんぜんビリビリしなかったから。

そこで、レンちゃんは、うわさしていた子たちにこういいました。

「あのね、わたしは泣《な》かなかったよ」

すると、その子たちは、きょとんとして顔を見あわせました。

「へえ、そっか」

「泣《な》いたのはハルくんだけか」

「レンちゃんは雷《かみなり》が落《お》ちてもへいきなのか」

「すごいっ、すごいっ」

みんな、すぐに信《しん》じてくれました。

ところが、そのあとがいけませんでした。レンちゃんのうわさが学校でひろまるにつれて、どんどん尾《お》ひれがついていったのです。

一週間たったころには――

「ねえ、レンちゃんって、雷《かみなり》が落《お》ちたとき笑《わら》ってたらしいよ」

さらに、一週間たったころには――

「知ってる？　レンちゃんって、雷《かみなり》を自由《じゆう》にあやつれるみたい」

そして、一か月たったころには——

「きいてきいて、レンちゃんって、ほんとは雷《かみなり》の子どもで、雲から落《お》っこちてきたんだって」

「そんなのうそだよ！」

レンちゃんはびっくりして、うわさをとめようとしました。

しかし、尾《お》ひれがついたうわさはもうとまりません。魚のようにすいすい宙《ちゅう》をおよいで学校をぬけだすと、町中にでたらめな話をひろめだしたのです。

というわけで、レンちゃんはそれから毎日、自分のうわさをおいかけています。人がたくさんいる場所《ばしょ》でよく発見《はっけん》するのですが、すばしっこくて、あっというまににげられてしまいます。

だけど、レンちゃんはあきらめません。きょうだって学校からもどって、すぐに家をとびだしてきたのです。

「ぜったい、ぜったい、つかまえなくちゃ」

さむ空の下、虫とりあみをギュッとにぎりしめ、レンちゃんはコトノハ通り商店街《しょうてんがい》のそばまでやってきました。

閑古鳥《かんこどり》がようやくコトノハ山に帰ったようで、たくさんのお客《きゃく》さんでにぎわっています。いかにも、うわさがあらわれそうな雰囲気《ふんいき》です。

「よーし、きょうはここをさがしてみよっ」

レンちゃんは、はりきって商店街《しょうてんがい》にはいっていきました。

と、そのとたん、

「ほら、あの子よ」

「雷《かみなり》の子どもらしいぞ」

「でも、ツノがないわ」

「空から落《お》ちたとき、おれたんだ」

「ウゥー、ワンッ」

お客《きゃく》さんや、お店の人や、散歩中《さんぽちゅう》の犬までもが、いっせいにレンちゃんのほうを見てきます。レンちゃんは、たちまち注目《ちゅうもく》の的《まと》。みんなの関心《かんしん》が、矢になってヒュンヒュンととんできます。

レンちゃんは、たまらずひきかえそうとしました。

しかし、まわりの人たちがこんな話をしているということは、尾《お》ひれのついたうわさがきっと近くにいるはずです。

「わたし、へいきだもん！」

レンちゃんは、とんでくる矢をかわしながら、ふたたび商店街《しょうてんがい》をすすんでいきました。

畳屋《たたみや》の前をかけぬけて、クリーニング屋《や》の前を通りすぎ、魚屋《さかなや》の前にさしかかります。そのあいだも、ひそひそとうわさする声がきこえてきます。

あの子だ
雷《かみなり》の
ほんとに？
らしいよ
雲から
落《お》ちて
へえ
そうなんだ

レンちゃんはむきになってどなります。

「ちがうもん！　ちがうもん！　そんなのうそだもん！」

と、そのとき、お客《きゃく》さんでにぎわう魚屋《さかなや》から、小さな影《かげ》がすいっとでてきました。

「見つけた！」

レンちゃんがさけぶと、魚屋《さかなや》のおばあさんがお客《きゃく》さんのあいだから顔をのぞかせました。

「あんた、へそばっかり食べずに、魚もちゃんと食べるんだよ！」

しかし、レンちゃんはそれをむしして、尾《お》ひれのついたうわさをおいかけます。

うわさは尾《お》ひれをきようにうごかして、人通りの中をすいおよいでにげていきます。

レンちゃんは走りました。ひっしに尾《お》ひれのついたうわさをおいかけました。そうして、とうとう電器屋《でんきや》のショーウィンドウの前においつめると、

「えいっ！」

すばやく虫とりあみをふりおろしました。

ところが、うわさはそれをひらりとかわすと、そのまま上へ上へとおよいでいって、とうとう雲の中にきえてしまいました。

「あぁ、きょうもダメかぁ……」

レンちゃんは、がっかりして空を見あげました。

と、きゅうに空が暗《くら》くなり、雷《かみなり》がゴロゴロと鳴りだして、ピカッと稲光《いなびかり》がかがやいたそのしゅんかん、

――おーい、おじょうちゃーん。

空から低《ひく》い声がしました。

――あんた、おれの子どもらしいなぁ。

町中にとどろくような大きな声。

――まさか、おれに娘《むすめ》がいたとはなぁ。

声は感動《かんどう》したようにそういうと、最後《さいご》にこうしめくくりました。

――じゃあ、あしたの朝八時半にむかえにいくから、ちゃんとしたくしておくんだぞぉ。

「え？」

レンちゃんは、思わず耳をうたがいました。

――なんだよ、ちゃんときいてたよ。

――あした、むかえにくるってさ。

すかさず、右耳と左耳がいいかえします。

なんと、レンちゃんのうわさは、ほんものの雷《かみなり》にまでつたわってしまったのです。

あまりのことに、レンちゃんがぽかんとたちつくしていると、まわりからはくしゅがきこえてきました。

「よかったなあ」

「これで空に帰れるわね」

町の人たちがニコニコしています。

「やったね、レンちゃん」

「あした、みんなでおわかれしにいくからね」

おなじ学校の子たちが、レンちゃんにかけよってきます。

「ち、ちが……」

ちがうの、といおうとしましたが、うまくことばがでてきません。

ふいに、ぽつりぽつりと雨がふりだしました。

レンちゃんは虫とりあみをほうりだして、商店街《しょうてんがい》からにげだしました。

草木も眠《ねむ》る丑三《うしみ》つ時《どき》。家の庭木《にわき》も、雨にうたれながらスースーと寝息《ねいき》をたてているというのに、レンちゃんはちっとも眠《ねむ》れません。

(ほんとに、むかえにくるのかな……)

ベッドの中で、昼間のことを思いだしていました。

(もしきたら、あんなのでたらめだってつたえなきゃ……)

雷《かみなり》にどうやって説明《せつめい》しようか考えます。

(でも、もし信《しん》じてくれなかったら……)

とつぜん心臓《しんぞう》がバクバクしてきました。

(ほかの人たちだって信《しん》じてくれないし……)

レンちゃんは胸《むね》をギュッとおさえると、ベッドをぬけだして、お父《とう》さんとお母《かあ》さんの寝室《しんしつ》にいきました。

「あしたの朝の八時半に、雷《かみなり》がむかえにくるの」

ふるえる声で、レンちゃんはいいました。

「わたしが雷《かみなり》の子どもだってうわさ、信《しん》じちゃったの」

ところが、夜中に起《お》こされたお父《とう》さんとお母《かあ》さんは寝《ね》ぼけたようす。

「ん……？　レンは、お父《とう》さんとお母《かあ》さんの子どもだろ……」

「そうよ……まだ起《お》きるにははやいわ……ほら、いっしょに寝《ね》ましょ……」

レンちゃんを、自分たちのベッドにひっぱりこみました。

「でも……」

レンちゃんはまだしゃべろうとしましたが、きゅうに、まぶたが重《おも》くなってきました。そして、ふたたび目をあけたときには、やくそくの八時半だったのです。

「雷《かみなり》は⁉」

レンちゃんがあわてて台所《だいどころ》にいくと、お父《とう》さんとお母《かあ》さんは食後のコーヒーをのんでいました。

「雷《かみなり》？」

お父《とう》さんは首をかしげます。

「そう、雷《かみなり》！　むかえにくるって！」

「ああ、そうだった。だけど……」

お父《とう》さんは、お母《かあ》さんのほうをむきました。

「そうね、雷《かみなり》がくるようには思えないわね」

お母《かあ》さんはそういって、窓《まど》のほうを指《ゆび》さしました。

見ると、窓《まど》の外では、きのうの雨がいつのまにか雪にかわってい
て、目覚《めざ》めた庭木《にわき》たちの上に、しんしんとふりつもっています。

「えっ⁉」

レンちゃんは、窓《まど》のそばにかけよりました。

空を見あげても、しずかに雪がふっているだけで、雷《かみなり》がやってき
そうな気配《けはい》はありません。それに、庭《にわ》を見わたしても、おわかれし
にくるといっていた子たちは一人《ひとり》もきていません。

「なんで、なんで？」

レンちゃんが、こんらんしていると、

「まあ、人のうわさも七十五日さ」

お父《とう》さんが肩《かた》をすくめました。

「そうそう、七十五日すぎたら、みんなわすれちゃうのよ」

お母《かあ》さんは、レンちゃんの背中《せなか》をそっとなでます。

レンちゃんは、とっさに、リビングのかべにかかったカレンダーの前にいきました。

たしか、ハルくんとケンカして、校長先生の雷《かみなり》が落《お》ちたのは、運《うん》動会《どうかい》の前の日だったから……。

ページをめくって、何日たったか数えてみました。

きのうでぴったり、七十五日。

「でも……」

レンちゃんは、なっとくできません。

みんな、あんなにうわさしていたのに、こんなにかんたんにわすれてしまうのでしょうか？

朝ごはんのあと、レンちゃんは町をぐるりと歩いてみました。

町の人たちは、もうだれもひそひそいったりしません。学校の子たちも、なにごともなかったように道ばたで雪だるまを作っています。

商店街《しょうてんがい》にいくと、きのう、ほうりだした虫とりあみを見つけました。

そういえば、あの尾《お》ひれのついたうわさもどこにもいません……。

レンちゃんはすっかり気がぬけてしまって、家にもどりました。

すると、玄関《げんかん》の前に、ぽつんとハルくんがたっていました。あの日、ケンカしていらい、ひとこともしゃべっていないのに。

「ねえ、どうしたの？」

思いきって話しかけると、

「な、なんで、いるんだよ！」

ハルくんは、おばけでも見たような顔をしました。

「ハルくんこそ」

ききかえすと、ハルくんはきゅうにもじもじしだして、うつむきました。

「空に帰るってうわさをきいて……だけど、おれ、寝《ね》ぼうして……」

レンちゃんはびっくりしてしまいました。まさか、まだあのうわさをおぼえている人がいたなんて。

でも、ぜんぜんいやじゃありません。それどころか、すごくほっとして、

「やっぱり、ここにのこることにしたの」

レンちゃんはいいました。

「ふーん、そっか」

ハルくんも、ほっとしたように白い息《いき》をはきました。

ところが、レンちゃんと目があったとたん、顔から火がでてしまい、あたふたしながらふきけすと、

「お、おれだって、ほんとは雷《かみなり》が落《お》ちてもへいきなんだぞ！」

ハルくんは、かけ足で帰っていきました。

レンちゃん、ほらをふく

5

コトノハ山の桜《さくら》がまんかいになり、きょうはいよいよ年に一度《いちど》のほらふき祭《まつ》り。夕方から、商店街《しょうてんがい》のほら貝の銅像《どうぞう》のまわりにあつまって、夜ふけまでほらをふくのです。
そんなわけで、コトノハ町の人たちは、朝から子どもも大人もほらふきの練習《れんしゅう》。ほら貝をかまえて息《いき》をふきこめば、ほらの音《ね》といっしょにほらがとびだします。

ぷおー　ぷふぉー
あさの　あいさつ　こんばんはー

ぷおー　ぷふぉー
おたまじゃくしに　はね　はえたー

ぷおー　ぷふぉー
わたしは　ほらを　ふきませんー

さて、そんな中、ため息《いき》をついている女の子がいました。

そう、われらがレンちゃん。

じつはレンちゃん、ほらをふくのがどうも苦手《にがて》。なかなか、いいほらがうかばないし、そもそも「ぷすっ」とか「ぶふぅ」とか、おならみたいな音しかでません。だから、きょうは家でじっとしているつもりだったのですが、やっぱり、だんだんとお祭《まつ》りのことが気になってきました。

「そうだ。おじいちゃんに教えてもらえばいいんだ」

レンちゃんは、ベッドの下からほら貝をひっぱりだすと、さっそく、おじいちゃんの家にむかいました。


「おお、レンちゃん、ようきたな」

おじいちゃんは、縁側《えんがわ》で、お昼のデザートにあんころもちを食べていました。

「おねがい、おじいちゃん。ほらのふきかたを教えて」

レンちゃんは、いそいそと庭《にわ》から縁側《えんがわ》にあがりこみます。すると、おじいちゃんは、

「そうか、きょうはほらふき祭《まつ》りか。しかし、最近《さいきん》、めっきりふいとらんからなあ」

なんていいながらも、のこりのあんころもちをたいらげて、床《とこ》の

間《ま》からほら貝をもってきました。

ずいぶん、どっしりとりっぱなほら貝です。なにしろ、おじいちゃんは若《わか》いころ、町でもひょうばんの大ぼらふきだったのです。

「はやく、はやく」

レンちゃんがせかすと、

「じゃあ、まずは……」

おじいちゃんはいいながら、ざぶとんの上にどっかりとすわりました。

「ほらふき祭《まつ》りのゆらいから」

「ええーっ」

レンちゃんはさけびました。だけど、おじいちゃんは気にしません。

「むかーし昔《むかし》……」

と、のんびりしゃべりだしてしまいます。

しょうがないので、レンちゃんはききました。

「それ、どれくらい昔《むかし》?」

「そうだな、このあたりに山と川くらいしかなかったほど昔《むかし》……」

そういって、おじいちゃんは話をつづけます。

「一人《ひとり》の子どもが手伝《てつだ》いをさぼってコトノハ川のそばを歩いておった。そしたらな、川上からほら貝が流《なが》れてきた」

「えっ、ほら貝が?」

「そうだ、ほら貝だ。ほら貝が、桜《さくら》がまんかいのコトノハ山のほうから流《なが》れてきた。子どもは、きっと山伏《やまぶし》が落《お》としたんだろうと思ってひろいあげると、また、そこらをぶらぶらしながら、そのほら貝で一つほらをふいてみた」

「へえ、どんなほら？」

「ぷおー　ぷふぉー
ああ　はたらいたー　はたらいたー
むらを　ひとつ　つくるほど　はたらいたー、って。

で、そのひょうしにほんとうに村ができて、それがやがてコトノ
八町になった」

そこで、おじいちゃんは一息《ひといき》つきました。

「まあ、ほらふき祭《まつ》りは、そんないいつたえからはじまったわけだ」

そうしめくくって、まんぞくそうにうなずきました。

「うーん……ほんとうに？」

レンちゃんは首をかしげました。

「それに、ほらがほんとうになったら、そんなのほらじゃないよ」

「そりゃ、うそからでたまこと、ってやつだ」

おじいちゃんは、なんでもないようにそういうと、

「じゃあ、わしも、ひさしぶりにほらをふくか」

と、ほら貝をかまえて、たっぷりと息《いき》をふきこみました。

ぶおー　ぶふぉー
あんころもち　まずいぞ　せかいいちー
ぶおー　ぶふぉー
たべれば　たちまち　きぜつするー
ぶおー　ぶふぉー
たくさん　あったら　そりゃ　こまるー

「すごい、すごい！」

レンちゃんは思わずはくしゅします。ご近所中《きんじょじゅう》にひびきわたるような大音量《だいおんりょう》。ああ、さっきまで、おいしそうにあんころもちを食べていたのに、こんなにどうどうとほらをふくなんて！

「どうやったら、そんなほらふけるの？」

すると、おじいちゃんは、ふーむ、とうなっていいました。

「力《りき》んじゃいけない。力《りき》むとうまくほらがふけない。心も体もゆったりと」

「そっか、リラックスするんだね」

「そうそう、リラックス、リラックス」

「わかった、やってみる！」

縁側《えんがわ》にたったレンちゃんは、ほら貝をかまえて深呼吸《しんこきゅう》しました。そして、力《りき》まないように気をつけながら、そっと息《いき》をふきこみました。

ぷすっ

「あれ？」
もう一度《いちど》やってみます。

ぶふぅ

それでも、めげずにくりかえしてみましたが、何度《なんど》やってもおんなじです。気持《きも》ちはあせり、体にも力がはいってしまいます。

「おじいちゃん、ダメみたい」

レンちゃんはふりかえりました。

ところが、おじいちゃんのほうは、すっかりリラックスしてしまったようで、いつのまにか目をとじて、こっくりこっくり……。おじいちゃんをのせたざぶとんは、ふわりとうきあがり、波《なみ》の上をただよう船のようにゆれています。

「ねえ、おじいちゃん」

声をかけても、起《お》きる気配《けはい》がありません。ほら貝をかかえたまま、こっくりこっくり縁側《えんがわ》をさまよいつづけます。まったく、人がひっしに練習《れんしゅう》しているのに船をこぐなんて……。

「もう、いいもん！」

レンちゃんはどなって、おじいちゃんの家をでました。

レンちゃんは、かんかんにお冠《かんむり》。家に帰ってもイライラはおさまらず、とうとう頭の上に、ずれた冠《かんむり》があらわれました。おじいちゃんに教えてもらえば、お祭《まつ》りでほらがふけると思ってたのに……。

「もういい、お祭《まつ》りなんて！」

ほら貝をベッドの下におしこんで、冠《かんむり》は窓《まど》から外にほうりなげました。

と、そこに、ほら貝をかかえたハルくんが通りかかりました。

「いてっ！」

冠《かんむり》がおでこにあたったひょうしに、目から火がでて、火花のようにとびちります。

「ごめんね！　ごめんね！　だいじょうぶ？」

レンちゃんが外にとびだすと、ハルくんはぶすっとした顔でこういいました。

「なんで、お祭《まつ》りがもういいんだよ」

「だって、ほらがふけないから……」

「じゃ、じゃあ、おれのほらもきかないつもりかよ」

レンちゃんは、うん、そのつもり！　とこたえようとしましたが、冠《かんむり》をぶつけてしまったことを思いだして口ごもります。

それに、やっぱりお祭《まつ》りのことが気になります。だって年に一度《いちど》きり、町がいちばんもりあがる日。

「うーん……」

レンちゃんはなやみました。お祭《まつ》りはもうはじまっているようで、商店街《しょうてんがい》のほうから、ほらをふく音がきこえてきます。

レンちゃんはもう一度《いちど》、うーん、とうなると、

「じゃあ……ちょっとのぞくだけ！」

ハルくんといっしょに、かけだしました。


コトノハ通り商店街《しょうてんがい》は、ちょうちんでかざられ、あちこちに屋台《やたい》がでていて、とびきりにぎやかでした。二人《ふたり》は人ごみをかきわけながらすすんでいき、商店街《しょうてんがい》の広場にたっている、ほら貝の銅像《どうぞう》の前にやってきました。

銅像《どうぞう》はピカピカにみがかれていました。そして、そばにはりっぱなステージができていて、町の人たちが、つぎつぎとほらをふいていきます。だれかがほらをふくたびに、客席《きゃくせき》から、せいだいなはく

しゅがわき起《お》こります。
いつもは、おしゃべりに花をさかせてばかりの三人のおばさんたちも、きょうばかりはこんなふう。

ぷおー　ぷふぉー
ばなな　むいたら　なかみは　きゅうりー

ぷおー　ぷふぉー
たまご　わったら　いきなり　にわとりー

ぷおー　ぷふぉー
はまぐり　あけたら　とびだす　あまぐりー

おつぎは作業着《さぎょうぎ》すがたの牛が、口をくちゃくちゃさせながらあらわれました。

ぷおー　ぷふぉー
たべて　すぐ　ねても　うしには　なりませんー

そして今度《こんど》は、

「はい！　おれ、おれ！」

ハルくんが、レンちゃんのとなりからステージにかけあがり、はりきって、ほら貝をかまえます。

ぷおー　ぷふぉー
おれは　かみなりの　こどもだぞー
ぷおー　ぷふぉー
だから　かみなり　おちても　へいきだぞー

「すごい、すごい！」

レンちゃんは、まわりの人たちといっしょにはくしゅします。

ハルくんは、ステージの上で鼻《はな》を高くしています。

ああ、こんなにじょうずにほらをふくなんて、きっと、たくさん練習《れんしゅう》したにちがいありません。

そんなことを考えているうちに、ふと、昼間のことを思いだしました。練習中《れんしゅうちゅう》にどなって、おじいちゃんの家をとびだしてしまったことをです。

（そういえば、おじいちゃんどうしてるかな……）

レンちゃんは、きゅうに気になりだしました。

（船をこいだままで、だいじょうぶだったかな……）

みょうに気持《きも》ちがざわざわしてきました。

いてもたってもいられなくなってきたレンちゃんは、ハルくんがステージからおりているあいだに、おじいちゃんの家にむかおうとしました。

そのときです。

ドスーンッ！　と大きな音がして、ステージの上になにか落《お》ちてきました。

なんと、ほら貝です。

どっしりとしたほら貝が、空からふってきたのです。

とつぜんのできごとに、あたりはいっしゅんしずまりかえり、そのあと、たちまち大さわぎになりました。

「ほら貝だ！」

「ほら貝がふってきたぞ！」

「ねえ、空にまだなにかいる！」

「人よ、人！」

「ざぶとんにのってるぞ！」

ん？　ざぶとん……？

レンちゃんは、とっさに顔をあげました。と、どうじに、あっ！　と大声でさけびました。

おじいちゃんです。

ざぶとんにのったまま、こっくりこっくり空をさまよっています。

まさか、あんなところで船をこぎつづけていたなんて。

「おーい、おじいちゃーん！」

声をはりあげて、よんでみました。

だけど、おじいちゃんは船をこぎつづけ、さらに高くのぼっていきます。

どうしよう！　レンちゃんはあせりました。このままでは、おじいちゃんがどこかへいってしまいます。

「えっと、えっと、もっと大きな音をだせるもの……」

あたりをきょろきょろ見まわしました。

と、さっき落《お》ちてきたほら貝に気がつきました。そう、おじいちゃんのどっしりとしたほら貝です。

「そうだ、あれなら！」

レンちゃんはステージにかけあがると、ほら貝をかかえて、思いっきり息《いき》をふきこみました。

ぷすっ……　ぶふぅ……

やっぱり、おならみたいな音になってしまいます。

でも、レンちゃんはあきらめません。

（そうだ。力《りき》まないで、リラックス……）

おじいちゃんから教えてもらったことを思いだして深呼吸《しんこきゅう》。そうして、あせる気持《きも》ちを落《お》ちつかせ、もう一度《いちど》、たっぷりと息《いき》をふきこむと――

おじいちゃーん　わたし　ほらを　ふけるよー
ぶおー　ぶふぉー
ぶおぉぉぅー　ぶふぉぉぅー

そのとたん、おじいちゃんがピタリと船をこぐのをやめたかと思うと、真《ま》っさかさまに落《お》ちてきました。

地上でいっせいに悲鳴《ひめい》があがります。

が、ぎりぎりのところで、ざぶとんが助《たす》け船《ぶね》になって、おじいちゃんをうけとめました。

「おじいちゃん！」

レンちゃんは、大いそぎでかけよりました。

「ごめんね、ごめんね、落《お》ちるなんて思わなかったの」

おじいちゃんは寝起《ねお》きのせいか、しばらくきょとんとしていましたが、やがてニヤリと笑《わら》ってこういいました。

「やはり、果報《かほう》は寝《ね》てまてだ」

「え？」

「レンちゃん、みごとなほらをふけたじゃないか」

「あっ……そうだった！」

レンちゃんは、さっきたしかに、空にひびきわたるほどりっぱな音をだしたのです。思わず、やった！　とさけびそうになりました。

「ん？　でも……」

とちゅうで、はたと気がつきました。

それじゃあ、さっきふいたほらは、ほらじゃなく、ほんとうのことになってしまいます。


ほらふき祭《まつ》りは、ぶじにさいかいしました。

しかし、おじいちゃんが、落《お》ちたときに腰《こし》をいためてしまったので、レンちゃんは家まで送《おく》ることにしました。

「すまんなぁ、レンちゃん」

ざぶとんをかかえたおじいちゃんは、なさけない顔でいいました。

「いいよ、いいよ」

レンちゃんはおじいちゃんとならんで、ゆっくりとコトノハ川ぞいを歩きます。

川上のほうをむくと、夕日にそまったコトノハ山が見えました。

それをながめながら、レンちゃんは、ふと、ほらふき祭《まつ》りのゆらいを思いだしました。

むかーし昔《むかし》、一人《ひとり》の子どもが、あの山から流《なが》れてきたほら貝でほらをふいたことで、この町ができたのです。

――うそからでたまこと、ってやつだ。

おじいちゃんはいっていました。

あのときは信《しん》じられなかったけど、でも、さっき自分がふいたほら、もしかしたら……。

レンちゃんは、なんだかドキドキしてきて、うでの中のほら貝を見つめました。

ぷおー　ぷふぉー

だれかがほらをふく音が、夕ぐれのコトノハ町にこだましています。

おまけ

二人のおばさん、花をさかせる ⑥

「あら、お二人《ふたり》さん、こんにちは」

「まあ、こんにちは」

「ええ、こんにちは」

「こんな道ばたで、ばったりぐうぜんね」

「ほんと、ほんと、ぐうぜんよ」

「わたしたちも、さっきばったりなのよ」

「あら、そうなの」

「そうそう」

「そうなのよ」

「それにしても、きょうはいいお天気だったわ」

「ええ、最高《さいこう》のお天気だったわ」

「思わず道草をくいたくなっちゃったわ」

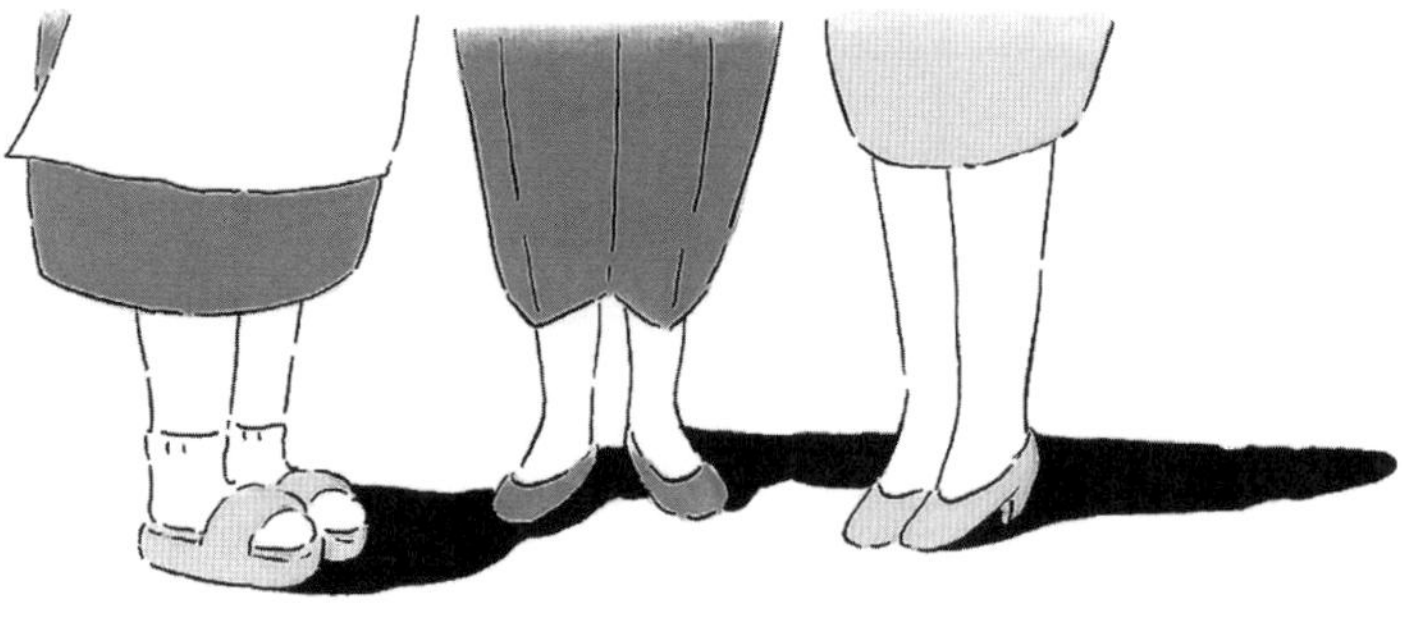

「まあ、それはきけんよ」
「そうよ、きけんよ」
「ああ、そういえば、そうだったわね」
「ドラマの再放送《さいほうそう》を見のがすし」
「スーパーのタイムセールにまにあわないし」
「歯医者《はいしゃ》にいきそこねるし」
「でも……道草ってみょうにくせになるのよねぇ」
「たしかに……あの解放感《かいほうかん》いいのよねぇ」
「あの味……わすれられないのよねぇ」
「じつは、わたし、あれからも週に一度《いちど》はくってるの」
「わたしもそれくらいよ、週一よ」
「そうそう、週一くらいが健康《けんこう》にいいのよ」

「うっふっふっ」
「うっふっふっ」
「うっふっふっ」

「あら、猫《ねこ》よ」
「黒猫《くろねこ》よ」
「夕方のお散歩《さんぽ》かしら」

「ところで話はかわるけど、この前、ほらふき祭《まつ》りでもらった商品《しょうひん》券《けん》――」
「ああ、特別賞《とくべつしょう》でもらったあの商品券《しょうひんけん》ね」
「わたしたちの絶妙《ぜつみょう》なコンビネーションでもらったあの商品券《しょうひんけん》ね」

「そう、あの商品券《しょうひんけん》。わたし、うっかりカバンにしまいっぱなしにしてたのよ」

「あら、わたしもよくやるわよ、しまいっぱなし」

「そうそう、わたしもレシートをしまいっぱなしで、おさいふがパンパンよぉ」

「でもね、商品券《しょうひんけん》よ」

「そうね、商品券《しょうひんけん》ね」

「それで、商品券《しょうひんけん》がどうしたの？」

「期限《きげん》がきれて、くさっちゃったの。へんな緑色《みどりいろ》になってヌメヌメしてたわ」

「あらま、それは」

「宝《たから》のもちぐされ」

「そうなの、そうなの、宝《たから》のもちぐされ」

「ほんとにねぇ」

「やれやれねぇ」

「あれで、きょうのお夕はんにおさしみでも買おうと思ってたのに。

それで、二人《ふたり》はあの商品券《しょうひんけん》をもうつかったの？」

「そうね、わたしは……どうだったかしら？」

「えーっと、わたしは……どうだったかしら？」

「……ねえ、さっきから思ってたんだけど、二人《ふたり》のカバン、ちょっ
とにおわない？」

「そういえばそうね……」

「なんとなく……」

「…………」

「…………」

「…………」


「あら、猫《ねこ》よ」

「今度《こんど》は白猫《しろねこ》よ」

「首におさいふさげてるわ」


「ところで、おさしみといえば魚屋《さかなや》のおばあさん――」

「ああ、おばあさんね、あのことね」

「あれは、ほんとたいへんだったわね」

「そうなの、そうなの。もうモウモウいっちゃうくらいたいへんで」

「そうよね、だって」

「ねえ、だって」
「水もれの修理《しゅうり》にきたのが、牛なんて」
「作業着《さぎょうぎ》すがたの、牛なんて」
「口をくちゃくちゃさせた、牛なんて」
「おかげで直るどころか、噴水《ふんすい》みたいにふきだして、お店中、水びたし」
「生魚はいいけど、干物《ひもの》はダメよ」
「レジもショーケースもこわれちゃって」
「それで、おばあさん、思いきって店をたたんじゃったのよねぇ」
「もったいないわぁ」
「ほんとにねぇ」
「まあ、それにしても、みごとな店のたたみかただったわ」

「いさぎよくって」
「ほれぼれしたわ」
「外にでたかと思うと、店の角を指《ゆび》でつまんで」
「ひょいひょい小さくたたんでいって」
「はしがピシッとそろってて」
「あのあと、クリーニング屋《や》にスカウトされて、はたらきだしたのもなっとくよ」
「おばあさんがきてから、あの店の仕上《しあ》がりは、すっかり見ちがえたもの」
「きっと、閑古鳥《かんこどり》が鳴いてたときに、ひたすら布巾《ふきん》をたたんでたのがきいたのねぇ」
「さすがだわぁ」

「ほんとにねぇ」

「まったくねぇ」

「あら、猫《ねこ》よ」

「今度《こんど》は三毛猫《みけねこ》よ」

「頭におとうふのせてるわ」

「それにしても、さっきから猫《ねこ》がよく通るわね」

「きっと、そろそろお夕はんだからよ」

「お夕はんどきは、猫《ねこ》の手も借《か》りたくなるのよね」

「そうよね、そうよね。わたしもきょうは借《か》りようかしら」

「いいわね、わたしも」

「そうね、わたしも」

「おれいは、なにがいいかしら……猫缶《ねこかん》？」

「マタタビ？」

「顔のマッサージも人気らしいわよ」

「ああ、それにしても、猫《ねこ》の手があるってたすかるわぁ」

「ほんとよ、ほんと」

「たすかるわぁ」

「ちょっと、気まぐれなところもあるけどねぇ」

「まあ、そこがいいのよ」

「にくめないのよ」

「でも、よその町では、猫《ねこ》の手を借《か》りないらしいわね」

「そうそう、口ではいうのに借《か》りないのよね」

「いくらいそがしくても借《か》りないのよね」

「だったら、なんでいうのかしら？」

「猫《ねこ》の手も借《か》りたいなんてね、なんでいうのかしら？」

「世《よ》の中《なか》ヘンテコなこともあるもんねぇ」

「ふしぎだわぁ」

「ほんとにねぇ」

「まったくねぇ」


「あら、なんだか、におってきたわね」

「そうね、ご近所《きんじょ》からお夕はんの……」

「そうね、カバンから商品券《しょうひんけん》の……」

「ちがうわ、ちがうわ、わたしたちの足もとよ」

「あらま、ほんとね、あっというまに花だらけ」
「あらま、また、おしゃべりしすぎちゃったわね」
「うっふっふっふっ」
「うっふっふっふっ」

あなたの町のことば辞典《じてん》

お話に出てきた主《おも》なことわざや慣用句《かんようく》などをご紹介《しょうかい》します。

1　レンちゃん、道草をくう

【道草をくう（7ページ）**】**途中《とちゅう》でほかのことに時間を使《つか》う。馬が、道のわきの草を食べながら行くために、進行《しんこう》が遅《おそ》くなることから。

【食べてすぐ寝《ね》ると牛になる（11ページ）**】**食べたあと、すぐに横《よこ》になるのはいけないという意味《いみ》。行儀《ぎょうぎ》の悪《わる》いことはするなということを、牛を例《れい》にして注意《ちゅうい》したもの。

【花をさかせる（11ページ）**】**盛《さか》んにする。にぎやかにする。また、成功《せいこう》する。「おしゃべりに花をさかせる」は、つぎからつぎへと盛《さか》んに話をすること。

【羽を伸《の》ばす（14ページ）**】**のびのびと自由《じゆう》にする。

【根《ね》がはえる（16ページ）**】**その場《ば》所《しょ》から動《うご》かなくなる。

【しりに火がつく（16ページ）**】**物事《ものごと》が差《さ》し迫《せま》ってのんびりしていられなくなる。

【首を長くする（21ページ）**】**今か今かと待《ま》ちこがれる様子《ようす》。

2　レンちゃん、ひざが笑《わら》う

【ひざが笑《わら》う】（29ページ）　疲《つか》れてひざががくがく震《ふる》え、力が入らなくなる。

【足が地につかない】（31ページ）　興奮《こうふん》などのため、心が落《お》ち着《つ》かない様子《ようす》。

【青息吐息《あおいきといき》】（34ページ）　苦《くる》しいときや困《こま》ったときにつくため息《いき》。また、そのため息《いき》が出る状《じょう》態《たい》。

【鼻《はな》を高くする】（35ページ）　自慢《じまん》する。得意《とくい》になる。

【天狗《てんぐ》になる】（35ページ）　いい気になってうぬぼれる。自分が優《すぐ》れていると思って、人をばかにする。

【穴《あな》のあくほど】（38ページ）　人の顔などをじっと見つめる様子《ようす》。

【穴《あな》があったらはいりたい（38ページ）**】** 失敗《しっぱい》などをして、隠《かく》れたいほど恥《は》ずかしくてたまらない様子《ようす》。

【顔から火がでる（44ページ）**】** 恥《は》ずかしくて顔が真《ま》っ赤《か》になる。

3　レンちゃん、歯《は》がうく

【歯《は》がうく】（51ページ）①歯《は》の根《ね》が緩《ゆる》んでうくように感《かん》じる。②わざとらしくて不快《ふかい》な気《き》持《も》ちになる。

【目で物《もの》をいう】（54ページ）目で合図して気《き》持《も》ちを伝《つた》える。

【畳《たたみ》の目を読む】（57ページ）することがなくて退屈《たいくつ》な状態《じょうたい》。

【あくびをかみ殺《ころ》す】（58ページ）あくびが出そうになるのを、口を閉《と》じて我慢《がまん》する。退屈《たいくつ》なことを我慢《がまん》する場合に使《つか》う。

【店をたたむ】（59ページ）それまで続《つづ》けてきた商売《しょうばい》をやめる。また、その日の営業《えいぎょう》を終《お》える。

【閑古鳥《かんこどり》が鳴く】（60ページ）客《きゃく》が来《こ》なくて商売《しょうばい》がはやらない様子《ようす》。

【花をさかせる（62ページ）**】** 盛《さか》んにする。にぎやかにする。また、成功《せいこう》する。「おしゃべりに花をさかせる」は、つぎからつぎへと盛《さか》んに話をすること。

【猫《ねこ》の手も借《か》りたい（62ページ）**】** 忙《いそが》し過《す》ぎて、誰《だれ》でもいいから手伝《てつだ》いがほしいことのたとえ。

【目をまわす（65ページ）**】** ①気絶《きぜつ》する。　②忙《いそが》しい思いをする。

【目にいれてもいたくない（67ページ）**】** とてもかわいがっていることのたとえ。

4　レンちゃん、尾《お》ひれがつく

【尾《お》ひれがつく】（73ページ）　話が伝《つた》わるあいだに事実以上《じじついじょう》のことが付《つ》け加《くわ》わって大げさになる。

【雷《かみなり》が落《お》ちる】（74ページ）　①落雷《らくらい》する。　②大声でどなりつけられてしかられる。

【注目《ちゅうもく》の的《まと》】（80ページ）　多くの人の関心《かんしん》の対象《たいしょう》となる物事《ものごと》や人。「注目《ちゅうもく》の的《まと》になる」は、多くの人の関心《かんしん》を集《あつ》めること。

【耳をうたがう】（84ページ）　思いがけないことを聞いて、聞き間違《まちが》いではないかと驚《おどろ》く。

【草木も眠《ねむ》る丑三《うしみ》つ時《どき》】（86ページ）　気味《きみ》が悪《わる》いほど静《しず》まり返《かえ》った真夜中《まよなか》。「丑三《うしみ》つ時《どき》」は、現在《げんざい》の午前二時から二時半ごろ。

【人のうわさも七十五日（89ページ）**】** どんなうわさが立ってもそれは長くは続《つづ》くものではなく、やがては忘《わす》れ去《さ》られるということ。

【顔から火がでる（93ページ）**】** 恥《は》ずかしくて顔が真《ま》っ赤《か》になる。

5　レンちゃん、ほらをふく

【ほらをふく（95ページ）**】**　大げさなことを言う、でまかせを言う。「ほらふき」は、大げさなことを言ったり、うそをついたりする人。

【うそからでたまこと（102ページ）**】**　うそとして言ったことや冗談《じょうだん》が、結果《けっか》として本当のことになってしまうこと。

【船をこぐ（105ページ）**】**　体を前後に揺《ゆ》らして居眠《いねむ》りをする。その様子《ようす》が船をこぐのに似《に》ていることから。

【お冠《かんむり》（106ページ）**】**　機嫌《きげん》が悪《わる》い様子《ようす》、怒《おこ》っている様子《ようす》。

【目から火がでる（106ページ）**】**　顔や頭を強くぶつけたときに、目の前が真《ま》っ暗《くら》になって光が飛《と》び交《か》うような感《かん》じになる。

【花をさかせる（109ページ）**】** 盛《さか》んにする。にぎやかにする。また、成功《せいこう》する。「おしゃべりに花をさかせる」は、つぎからつぎへと盛《さか》んに話をすること。

【食べてすぐ寝《ね》ると牛になる（110ページ）**】** 食べたあと、すぐに横《よこ》になるのはいけないという意味《いみ》。行儀《ぎょうぎ》の悪《わる》いことはするなということを、牛を例《れい》にして注意《ちゅうい》したもの。

【雷《かみなり》が落《お》ちる（111ページ）**】** ①落雷《らくらい》する。②大声でどなりつけられてしかられる。

【鼻《はな》を高くする（111ページ）**】** 自慢《じまん》する。得意《とくい》になる。

【助《たす》け船《ぶね》（118ページ）**】** 困《こま》っているときに助《たす》けてくれる人や物《もの》。

【果報《かほう》は寝《ね》てまて（118ページ）**】** 本当によい結果《けっか》は、人の力では招《まね》き寄《よ》せることができないので、やってくるのをあせらず気長に待《ま》ったほうがいいということ。

6　三人のおばさん、花をさかせる

【花をさかせる】（123ページ）　盛《さか》んにする。にぎやかにする。また、成功《せいこう》する。「おしゃべりに花をさかせる」は、つぎからつぎへと盛《さか》んに話をすること。

【道草をくう】（124ページ）　途中《とちゅう》でほかのことに時間を使《つか》う。馬が、道のわきの草を食べながら行くために、進行《しんこう》が遅《おそ》くなることから。

【宝《たから》のもちぐされ】（127ページ）　価値《かち》あるものを持《も》っていながら、有効《ゆうこう》に利用《りよう》しないことや利《り》用《よう》できないことのたとえ。また、優《すぐ》れた才能《さいのう》や手腕《しゅわん》がありながら、それを活用しなかったり発揮《はっき》しないでいたりすることのたとえ。

【店をたたむ】（130ページ）　それまで続《つづ》けてきた商売《しょうばい》をやめる。また、その日の営業《えいぎょう》を終《お》える。

【閑古鳥《かんこどり》が鳴く】（131ページ）　客《きゃく》が来なくて商売《しょうばい》がはやらない様子《ようす》。

【猫《ねこ》の手も借《か》りたい（132ページ）**】**忙《いそが》し過《す》ぎて、誰《だれ》でもいいから手伝《てつだ》いがほしいことのたとえ。

初出　児童文学総合誌「飛ぶ教室」

レンちゃん、道草をくう　第53号（2018年4月）
レンちゃん、ひざが笑う　第54号（2018年7月）
レンちゃん、歯がうく　第55号（2018年10月）
レンちゃん、尾ひれがつく　第56号（2019年1月）
レンちゃん、ほらをふく　第57号（2019年4月）

「三人のおばさん、花をさかせる」は、書き下ろしです。
「あなたの町のことば辞典」は、編集部が作成しました。

昼田弥子
ひるた・みつこ

1984年岡山県生まれ。作家。「飛ぶ教室」第11回作品募集童話部門にて「ハニホ氏の小指」で優秀作。2015年、『ほんとはスイカ』（高畠那生 絵／ブロンズ新社）で作家デビュー。『あさって町のフミオくん』（高畠那生 絵／ブロンズ新社）で第52回日本児童文学者協会新人賞受賞。そのほかの作品に『ノボルくんとフラミンゴのつえ』（高畠純 絵／童心社）がある。

早川世詩男
はやかわ・よしお

1973年愛知県生まれ。イラストレーター。『ゆかいな床井くん』（戸森しるこ 著／講談社）、『I love letter アイラブレター』（あさのあつこ 著／文春文庫）、『昔はおれと同い年だった田中さんとの友情』（椰月美智子 著／小峰書店）など、書籍の装画・挿画を手掛ける。

飛ぶ教室の本
コトノハ町《まち》はきょうもヘンテコ

2020年 3月 5日 初版第1刷発行
2021年12月15日 第2刷発行
作 昼田弥子
絵 早川世詩男
装丁 城所潤
発行者 吉田直樹
発行所 光村図書出版株式会社
〒141-8675 東京都品川区上大崎2-19-9
電話 03-3493-2111（代表）
印刷所 株式会社加藤文明社
製本 株式会社難波製本

Printed in Japan ISBN978-4-8138-0265-5

定価はカバーに表示してあります。

落丁本・乱丁本は、お手数ですが小社までお送りください。送料小社負担にてお取り替えさせていただきます。

飛ぶ教室の本

「みなさん、こんばんわん。月曜夜九時。
〈レディオ ワン〉の時間です」

『レディオ ワン』

斉藤倫 作／クリハラタカシ 画

いぬのジョンがラジオのDJとなって、
にんげんたちに語りかけていく。

定価：1,320円（税込）　ISBN978-4-8138-0258-7

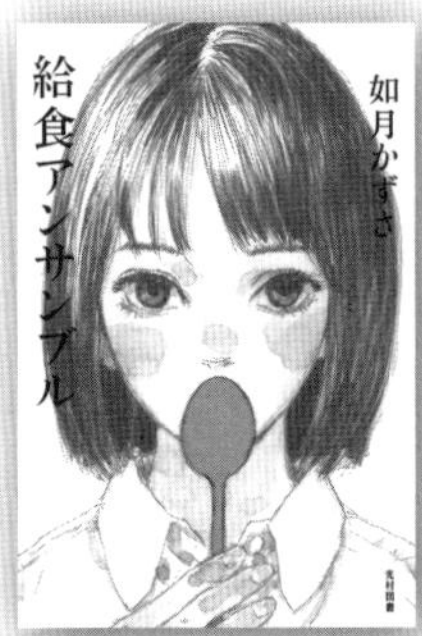

この給食、きっと忘れない。

『給食アンサンブル』

如月かずさ 作／五十嵐大介 絵

中学生たちの揺れる心と
給食をめぐる6つの物語。

定価：1,045円（税込）　ISBN978-4-8138-0078-1

えっ!?　関西弁を話す、おっさんウシ??

『ウシクルナ!』

陣崎草子 作・絵

強烈なキャラたちが笑いの渦を巻き起こす、
爆笑&新感覚のウシストーリー！

定価：1,045円（税込）　ISBN978-4-8138-0049-1

きみがいた日々、ぼくが歩く明日――

『リョウ&ナオ』

川端裕人 作

世界を舞台にした、中学生リョウたちの
切なくもきらめく青春物語。

定価：1,760円（税込）　ISBN978-4-89528-689-3